EL NIÑO INVISIBLE

por

TRUDY LUDWIG

ilustrado por

PATRICE BARTON

traducido por
Polo Orozco y Ileana Orozco

DRAGONFLY BOOKS
New York

¿Puedes ver a Brian, el niño invisible? Hasta a la señora Carlotti le es difícil reparar en él dentro del aula. Está muy ocupada encargándose de Nathan y Sophie.

Nathan tiene problemas con lo que la señora Carlotti llama
"control de volumen". Grita demasiado dentro de la clase.

Sophie lloriquea y se queja cuando no se sale con la suya.

Nathan y Sophie ocupan mucho espacio. Brian no.

Cuando suena el timbre del recreo, Micah y J.T. se turnan
para escoger a los niños para sus equipos de kickball.

Primero eligen a los mejores jugadores.

Después a los mejores amigos de los mejores jugadores.

Después a los amigos de los mejores amigos.

Solo queda Brian, esperando y esperanzado.

J.T. lanza una mirada en dirección de Brian e
igual de rápido la aparta.

—Tenemos suficientes jugadores para cada equipo
—les dice a los otros—. ¡Juguemos a la pelota!

En la cafetería, Madison y
sus amigos hablan de su fiesta
de cumpleaños.

—¡El columpio para saltar a la
piscina estuvo genial! —dice J.T.

—Sí, también el tobogán —agrega Fiona—
¡Fue la mejor de todas las fiestas de piscina!

—¡Me alegra mucho que se hayan
divertido! —dice Madison. Todos se
divirtieron menos Brian. Él no fue invitado.

A la hora de escoger actividades, mientras otros niños juegan juegos de mesa y leen, Brian se sienta en su mesa y hace lo que más le gusta:

Dibuja dragones que escupen fuego y escalan edificios altos . . .

El lunes por la mañana, la señora Carlotti presenta
a Justin, un nuevo alumno, a la clase. Brian le sonríe
tímidamente. Algunos de los otros niños miran de reojo a
Justin, tratando de averiguar si es lo suficientemente cool
como para ser su amigo. Aún no lo han decidido.

Durante el almuerzo, Madison y J.T. ven a
Justin comer con palillos.

—¿Qué es *eso*? —pregunta Madison mientras
señala la comida de Justin.

Y los niños se ríen. Todos, menos Brian. Ahí sentado se pregunta qué es peor, que se rían de ti o sentirse invisible.

Al día siguiente, cuando Justin va a su estante a guardar su mochila, ve un pedazo de papel que tiene su nombre.

En el recreo de la mañana, Brian encuentra un pedazo de tiza en el suelo y empieza a dibujar.

—Oye, Justin —Emilio le llama
desde la cancha de espiro—, te toca.

—Perdón, me tengo que
ir —dice Justin—. Por cierto,
ese dibujo está genial— añade
antes de irse.

De vuelta en clase, la señora Carlotti les pide a los niños formar equipos de dos o tres para un proyecto especial. Los niños corren por el salón para formar equipos. Brian se dirige hacia Justin.

—Ya yo estoy con Justin —dice
Emilio—. Busca a otro.

Brian mira hacia el suelo, con ganas de dibujar un hoyo ahí mismo para que se lo trague.

La señora Carlotti le da a la clase instrucciones para el proyecto: —Deben trabajar juntos para escribir un cuento acerca de lo que ven en esa fotografía.

—¡Oh . . . genial! —dice Emilio—. ¿Qué tipo de personas creen que vivirían en casas como esas?

—No sé, pero apuesto a que Brian podría dibujarlas para que acompañen nuestro cuento —dice Justin.

Brian sonríe mientras saca su bolígrafo de la suerte.

Narrador: Hola, soy el narrador y si te preguntas por qué le dieron el papel del narrador a un pirata, te lo diré. Todo se debe al agente. Bueno, ahora comencemos con el relato...

El intrincado cuento que nos inventamos al momento.

...AAA!

suena súper

...eríamos enseñar.

De nuevo es la hora del almuerzo —la parte del día menos favorita de Brian—.

Otros veinte minutos l-a-r-g-o-s de niños platicando y riéndose con todos . . . menos con él.

¡Brian! —escucha a alguien gritar—. ¡Oye, Brian, ven acá!

Brian se voltea y ve a Justin llamándole con la mano. Emilio

saluda a Brian mientas le separa un lugar en la mesa.

Tal vez, solo tal vez, Brian no sea tan invisible después de todo.

PREGUNTAS PARA DISCUTIR

Cuando suena el timbre del recreo, Micah y J.T. se turnan para escoger a los niños para sus equipos de kickball.

- ¿Cómo escogieron Micah y J.T. a los jugadores para sus equipos? ¿Fue una manera justa de seleccionar a los jugadores? ¿Por qué o por qué no?
- ¿Alguna vez has intentado unirte a un grupo, juego o actividad y otros niños no te querían dejar? Si sí, ¿cómo te hizo sentir?
- ¿Alguna vez has excluido intencionalmente a otros niños de que se unan a tu grupo, juego o actividad? Si sí, ¿por qué?

—¡Me alegra mucho que se hayan divertido! —dice Madison. Todos se divirtieron menos Brian. Él no fue invitado.

- Cuando Madison y sus amigos hablaron de su fiesta de cumpleaños en frente de Brian, ¿crees que lo hicieron sin pensar o que estaban siendo malos con Brian a propósito? Explíca.
- ¿Había una mejor manera de que Madison manejara la situación cuando ella y sus amigos empezaron a hablar de su fiesta en frente de los niños que no fueron invitados?

- ¿Alguna vez te has encontrado en una situación similar a la de Brian, con niños hablando de las cosas divertidas que hicieron en frente de ti y tú no fuiste incluido o invitado? Si sí, ¿cómo te hizo sentir?

Ahí sentado se pregunta qué es peor, que se rían de ti o sentirse invisible.

- ¿Cuántos ejemplos puedes encontrar en este cuento que muestren la invisibilidad de Brian?
- ¿Qué crees que sea peor, que se rían de ti o sentirte invisible? Explíca.
- ¿Qué hizo Brian para ayudar a Justin a sentirse mejor después de que J.T. y los otros niños se burlaron de su comida?

Tal vez, solo tal vez, Brian no sea tan invisible después de todo.

- ¿Cuántos niños hicieron falta en este cuento para ayudar a Brian a comenzar a sentirse menos invisible?
- ¿Qué hizo Justin específicamente para que Brian se sintiera menos invisible?
- ¿Hay niños en tu clase, grado o escuela que notas que son tratados como si fueran invisibles? Si sí, ¿qué podrías hacer para que se sintieran más valorados y apreciados?

LECTURAS RECOMENDADAS PARA ADULTOS

Borba, Michele. *Nobody Likes Me, Everybody Hates Me: The Top 25 Friendship Problems and How to Solve Them* [Nadie me quiere, todos me odian: Los 25 más grandes problemas de la amistad y cómo resolverlos]. San Francisco: Jossey-Bass, 2005.

Cain, Susan. *Quiet: The Power of Introverts in a World That Can't Stop Talking* [El poder silencioso: La fuerza secreta de los introvertidos]. Nueva York: Crown, 2012.

Elman, Natalie Madorsky, y Eileen Kennedy-Moore. *The Unwritten Rules of Friendship: Simple Strategies to Help Your Child Make Friends* [Las reglas no escritas de la amistad: Estrategias simples para ayudar a tu hijo a hacer amigos]. Nueva York: Little, Brown and Company, 2003.

Rubin, Kenneth H., y Andrea Thompson. *The Friendship Factor: Helping Our Children Navigate Their Social World—and Why It Matters for Their Success and Happiness* [El factor de la amistad: Ayudando a nuestros niños a navegar su mundo social, y por qué es importante para su éxito y felicidad]. Nueva York: Viking, 2002.

Thompson, Michael, y Catherine O'Neill Grace, et al. *Best Friends, Worst Enemies: Understanding the Social Lives of Children* [Mejores amigos, peores enemigos: Entendiendo la vida social de los niños]. Nueva York: Ballantine Books, 2002.

LECTURAS RECOMENDADAS PARA NIÑOS

Button, Lana. *Willow's Whispers* [Los susurros de Willow]. Tonawanda, NY: Kids Can Press Ltd., 2010.

Cave, Kathryn. *Something Else* [Algo más]. Nueva York: Mondo Publishing, 1998.

Cooper, Scott. *Speak Up and Get Along! Learn the Mighty Might, Thought Chop, and More Tools to Make Friends, Stop Teasing, and Feel Good About Yourself* [¡Habla más fuerte y llévate bien! Aprende de la poderosa fuerza, el golpe del pensamiento y otras herramientas para hacer amigos, detener las burlas y sentirte bien acerca de ti mismo]. Minneapolis: Free Spirit, 2005.

Lovell, Patty. *Stand Tall, Molly Lou Melon* [Mantén la cabeza en alto, Molly Lou Melon]. Nueva York: G.P. Putnam's Sons, 2001.

Moss, Peggy. *One of Us* [Uno de nosotros]. Gardiner, NY: Tilbury House, 2010.

Otoshi, Kathryn. *Zero* [Cero]. San Rafael, CA: KO Kids Books, 2010.

Romain, Trevor. *Cliques, Phonies & Other Baloney* [Grupitos, farsantes y otras tonterías]. Minneapolis: Free Spirit, 1998.

Gracias, Brad, por incluirme siempre en tu mundo. —T.J.L.

Para Jerry —P.B.

Text copyright © 2013 by Trudy Ludwig
Cover art and interior illustrations copyright © 2013 by Patrice Barton
Translation copyright © 2022 by Polo Orozco and Ileana Orozco
All rights reserved. Published in the United States by Alfred A. Knopf, an imprint of Random House Children's Books,
a division of Penguin Random House LLC, New York. Originally published by Alfred A. Knopf, New York, in 2013.
Spanish edition published by Dragonfly Books, an imprint of Random House Children's Books, a division of Penguin
Random House LLC, New York, in 2022.
Dragonfly Books and the colophon are registered trademarks of Penguin Random House LLC.

Visit us on the Web! rhcbooks.com
Educators and librarians, for a variety of teaching tools, visit us at RHTeachersLibrarians.com

Library of Congress Cataloging-in-Publication Data is available upon request.
ISBN 978-0-593-56696-1 (Spanish trade edition) — ISBN 978-0-593-56889-7 (Spanish GLB edition)
ISBN 978-0-593-56697-8 (Spanish ebook)

The text of this book is set in 16-point Adobe Caslon Pro.
The illustrations were created using pencil sketches painted digitally.
Book design by Sarah Hokanson

MANUFACTURED IN CHINA
10 9 8 7 6 5 4 3 2 1